JN196467

句集　どんぐり

忽那みさ子
Misako Kutsuna

句集　どんぐり／目次

句集　どんぐり

装丁・近野裕一

Ⅰ 鉄線花

１９８３年～１９８９年

〔129句〕

1983年

新学期この子のくつの大きさよ

草原に寝転んでみるいぬふぐり

夏蝶のふいによぎりし石だたみ

ふりしきる雨の重さよ合歓の花

花ざくろ咲いてとなりは忌にこもる

遠去かる友の柩や鉄線花

梅雨あけの雷遠し髪洗ふ

青すすき風の軽さの髪を切る

夏川のきらめき足をそつと入れ

停電や思ひがけずに虫の声

雨上がりとなりのふくべ少しゆれ

子を呼びかへす声ありかなかなの声

掘割に朽ちてゆく杭暮の秋

古手紙読みつつ燃やす落葉かな

ゆるみなく木刀振る子息白し

幼子はひとにぎりづつ落葉焚く

1984年

ゆるやかに四十が見える雪の夜

侘助の蕾数へる病み上り

下萌えや日ざし抱きて犬眠る

少年の髪のやはらか春隣

春日ざし棚のうしろに本は落ち

緋の牡丹夕日ゆらりと落ちにけり
ぼたん園出づれば街に夕せまる
箒草まろやかになりし風わたる

雨上るでで虫生まれ風生まれ

夏雲の湧き上りくる葬の朝

受診持つ遠くに聞いて昼の雷

読むはずの本で押へる蚊帳の裾

烏瓜人が恋しくなる日暮

ゆつくりと流れる雲やいなご捕り

柿をむく無口なる父指太く

飛行機雲掛稲ゆつくり乾きゆく

入院を待つ母多弁日短

牡蠣雑炊夫は厄年過ぎにけり

冬夕焼通夜のテントを張り終る

年の夜の手足いたはるしまひ風呂

1985年

小走りに塾へと行く子寒の入り

寒星や音をひそめて鍵まはす

鍵束を落せばひびく夜の凍て

桜湯を含みて母は目をつむり

一人居の静けさにをり春の雪

桜散る鐘つき堂の柱のひび

たんぽぽの絮がむかしへ飛んでいく

新緑や少年のごとかけてくる

便箋の余白そのまま牡丹散る

遠雷や画布の女のやぶにらみ

子の神輿過ぎ行き常の日曜日

稲光り多弁な女横を向く

七夕や振り返らずに遠ざかる

すすぎ物干す足元の草ひばり

烏瓜灯ともす家を通り抜け

秋の夜の雨かと思ふかぜわたる

霧の夜は子供の人権考へる

葱きざみつつ一人言熱きざす

立ち話白山茶花の散りはじむ

小春日の梅酒のとろりとろりかな

父が来て庭いぢりする寒椿

1986年

遠火事の煙も見えず今夜も粥

初将棋だんだん背中まるくなる

冬銀河己の影に石をける

枯草の操車場貨車ポッンポッン

冬夕焼天地無用の箱つぶす

新しき畳の部屋やもがり笛

障子無き家に移りて冬終る

方言の耳に慣れたり二月ゆく

暮れなづむ街の明るさ蜆買ふ

三月の飛行機雲の消え残る

春昼や犬の薄目に見送くらる

菜の花をゆらして風を身にまとふ

宮島の鳥居の外の潮干かな

ふらここの止まりふつうの空となる

うつむけば母似といはる葛桜

河童忌の質屋ののれん真新し

見るための石榴であればよく選ぶ

冬に入る元気でゐると母の嘘

ひれ酒の青き炎をもろともに

1987年

除夜詣禊済んだる顔ばかり

寝正月読み古したる本二冊

藪柑子百の地蔵に手を合はす

暖冬をなげいて母の座りけり

恋猫の負猫となる声のあり

熱の子の喉の細さよ冬苺

畑を焼く煙のもぐりゆく暗渠

しじみ汁夕餉の二人の黙つづく

白魚の透けてうごめく目玉かな

藤散るや秘密ふやして旅終る

春没日叫ぶ言葉をさがしゐる

青くさいトマトが欲しい爪まで泥

億年の默解く化石走り梅雨

口に氷片マザーグースを読み終る

百円玉入れれば夏が出るらしい

七夕竹最後の橋をくぐりくる

右左違ふ視力で汗をみる

髪解いて素直なる夜の鉦叩き
江田島の桜紅葉を持ち帰る
神の留守禰宜が欅の枝払ひ

柚子湯にて己の手首はかりゐる

カミソリの刃を替へ冬の水を切る

日脚伸ぶしやべり足りない友とゐて

1988年

遮断機の下りて向うに春燈

コンテナ車過ぎて桜は白く散る

電話待つ藤に夕暮れ近づいて

瀧しぶき目に入るものはみな揺らぐ

眠らねば会へぬ遠さよ明易し

刻よどむ午後の病室雲の峰

嘘も夢も入れ冷蔵庫満しけり

百合の香や身の中心にあるほてり

凌霄花そこの角まで御一緒に

盆僧の玄関に置くヘルメット

盆踊り窪みに足をとられつつ

父の背の広さの記憶いわし雲

百舌鳥高音朝の牛乳ふきこぼれ

露天風呂とろりとゆれる冬の月

モナリザと目の合ひ鰭酒さめてくる

1989年

地吹雪に記憶の底の父の背な

春の雪降りつつ屋根をずり落ちる

耕して草ぐさ闇へうらがへす

風少し傘持ち歩く木の芽どき

真昼野のかぎろひ涙もろくなる

家までの飴のひとつぶ五月闇

髪洗ふ昨日遠しと思ひつつ

竹の皮ぬいで傷つき易くなる

昼顔や驕りを知らぬ母なりし

明日の風あてにはしない草を引く

朝の鵙ドア閉める音大きくて

速達を受け取る鰯裂きし指

川岸に一族の墓草もみぢ

穂芒を折り取り過去を軽くする

肩書きのとれたる父の懐手

Ⅱ 烏瓜

１９９０年〜１９９６年

〔63句〕

１９９０年

初鏡嘘つくことのうまくなり

粉薬飲む寒の水尖んがつて

雪の夜の電話の声が遠すぎる

陽炎やふやけたままの貌でゐる

嘘つきの口に口紅聖五月

蜜豆や打ち明け話他愛なし

指抜きをはづし一人の新茶かな

梅雨晴間友はかるがる逝きにけり

軽石でこする足裏の夏疲れ

槍ヶ岳槍の全部に秋陽ざし
どんぐりがあのねあのねとおちてくる
とろろ汁玉子ひとつを入れて足る

いも蔓を引けば戦後が見えてくる

晩秋の背骨に力入れにけり

十二月の中の一日呆けをり

1991年

戦神にうつかり屠蘇をすすめけり

寒の雨石キリキリと立ち上る

ゆらゆらと春の来てゐる日曜日

鉛筆で突つついてみる春の月

囀りや話し続かぬ夫とゐて

たけのこがぶつぶつ言ふをきいてをり

沼明るし草の底なる蛇苺

沼の虹河童の像に声かけて

かき氷声を低くし話し継ぐ

蟬しきり瀬戸の小島の暮残る

烏瓜ひとつは青き延命寺

初恋のことなど夫と野菊道

冷やかや座して言葉を待つてをり

秋の日や久々に読むヘッセの詩

書初めの紙の四隅をまづ押へ

1992年

雪をんな肩のくぼみで思案する

指の骨鳴らし春愁終りとす

しやぼん玉こはれ光をこぼしけり

葉桜を仰げば重き空なりし

冷奴女同士の愚痴こぼす

生真面目な石になりきる炎天下

カラッポの校庭カンナの赤と黄

新米の五キロの袋横抱きに

新興地のコスモスたふれ易きかな

1993年

雪催ひ身の内どこか乾きをり

空缶や花冷の町蹴つ飛ばす

昼顔の揺れるばかりや仔牛の眼

もつたりとして反戦のさつまいも

頼りなき日差し斜めにそばの花

寝たきりの父透けてくる秋風裡

1994年

お正月無印良品買ひ揃へ

朝涼の木桶のおからあふれをり

ぎしぎしと栗むく刃物くもらせて

1995年

風車廻って毀す言葉尻

鬼平犯科帳全巻梅雨湿めり

真っ白なページは続き秋立てり

秩父まで秋の荒川三度越す

一族はA型ばかりからすうり

恋みくじ引くやからすうり真っ赤

冬夕焼余熱にうるむ絵の魚

1996年

大寒や金星を撃つ指鉄砲

牡丹剪る今にも雨の降りさうな

初夏やすうつと通る竹の串

ラムネビン摑む左手より老ける

八月の何でもない日に赤飯炊く

うろこ雲ちりぢり二合の米をとぐ

秋の風ひらりと雲にのつてをり

牛の絵の眼の澄みきつて無村の忌

Ⅲ 吾亦紅

１９９７年〜２００３年

〔115句〕

1997年

れんげ草手足かつてにのびのびす

石仏の伏目十薬花盛り

梨切つて小さく切つて母の皿

ゆく年や白地に戻す伝言板

1998年

北を指す針のふるへや浅き春

白蝶のたどりつきたる東慶寺

嚙み殺すあくび電車の梅雨じめり

梅雨晴間猫も洗つてしまひけり

ラムネ玉ため息ひとつ泡ふたつ

運動会終へし校庭真つ平

松菊を剪る快感の確かなり

急坂を下りつつ冷ゆる尾骶骨

1999年

ぐんぐんと地球はみ出す奴凧

師の句碑に七月の陽のあらあらし

池に亀かへし太郎の夏終る

早起きの秋がこつんと来たりけり

一族の混み合ふ墓域曼珠沙華

新しき塔婆銀杏しきり落つ

新顔の猫の来てゐる小六月

紅葉焚く背中合はせに鬼女がゐて

すぐ翳るお稲荷さんや一葉忌

2000年

初神楽楽屋に醤油の香のかすか

立春や首コキコキと旅心

麦藁の匂ひはじけるしゃぼん玉

小鳥らがついばむものを春といふ

ふらここのまだ漕ぎたりぬ老年期

花くづと半眼の小鳥掃かれけり

トマト苗すでにトマトの匂ひして

バス着いてガイドが降ろす遍路杖

あやふさは一輪咲きし鉄線花

一寸の胡瓜に曲がる気配あり

裏山の名前裏山青嵐

少年に真昼のほてり月見草

泡ひとつ吐いて緋鯉は寄ってくる

蟬時雨鳴かざる蟬は樹に凭れ

自在鉤へこつんこつんと秋の風

柿たわわテープの読経流れをり

道路地図ボロボロいわし雲西へ

冬隣り垣の麻紐締め直す

神輿屋の箔を打つ音金木犀

枯ひまはりぶつきら棒になつてをり

石蕗咲いて庵に下がる留守の札

2001年

しづり雪背骨のゆるむ日差しかな

薄氷に片足をのせ考へる

霾るや追伸の文字乱れをり

締め直す靴ひも真白春の山

草萌の庭にふえたる陶の犬

柔らかく水使ひをり鳥曇

花は葉に古井戸の水うすみどり

新聞を丸めて刀青嵐

ひとり居の豆飯旨く炊きあげる

かはほりの一番星を掠めたる
涼み船橋の下より鳩の出て
眠り落つ祭囃子を遠くして

岩清水のよぢれを掌に受けて

さい銭の音のころがり秋の風

秋桜子の墓に蹋むや蚊にさされ

吾亦紅ひとりのときは唄ひをり

山国の目ん玉大きとんぼかな

秋深しスプーンにのせる角砂糖

どんぐりを捨て椎の実をひろひけり

小菊咲く庭に二つの空の鉢

耳遠き母との会話根深汁

これからは二人の暮らし根深汁

夫婦して俄百姓十二月

大嘘鏡ゆがんでしまひけり

2002年

伊予柑や夜明けの遅き伊予の国

天上を見てきたやうに雲雀鳴く

足早な桜前線パン焦がす

囀りや村に木の橋鉄の橋

草笛やビル立ち並ぶ向う岸

走り梅雨一時預けの丸い札

涼風へ組みたる足を戻しけり

雪隠の薄暗がりや蟬しぐれ

突然に鳴き始めたる夜の蟬

白桃の尻の青さが気にかかる

黍苗の二列縦隊そよぎゐる

人除けのネット一枚黍畑

組み終へし踊り櫓や昼の月

ピピと鳴る体温計やそぞろ寒

ありふれたなれそめ話曼珠沙華

校庭の露の鉄棒拭ひけり

その言やよし鬼ヤンマ一直線

鋤鍬の清らかなりし星月夜

聞き慣れし足音戻りくる良夜

毀れつつ母は花野に遊びけり

秋遍路夢の中まで鈴をふる

新しき暦を全部見てしまふ

ふるさとの雑煮丸もちあんこもち

2003年

教会へ参るが母の寒修行

十五万石の一番町も時雨けり

海に入る流れは細し冬鷗

飛行機の春三日月をよぎりけり

春の夜の逆さまに振る化粧水

春の波吃水線の見え隠れ

一坪の花菜明りとなりにけり

春の昼のけつこう毛だらけ象の耳

ため息のやうに浅蜊の鳴いてをり

春寒く乾ききつたる鉢の土

さくら散る丘に木の椅子石の椅子

囀りや夫の実家に朝寝して

げんげ田の盛り過ぎけり遍路道

夕朧雪駄の鼻緒うすす湿り

仲見世のソースの匂ひ傘雨の忌

赤ちゃんの手首のくびれ夏来たる

初夏の潮入川の匂ひかな

夫留守は二日卯の花腐しかな

風薫るパン屋花屋と立ち寄つて

体内の石の不機嫌台風来

窓全開秋の風のみ通しけり

秋の夜は病床に爪切りこぼし

秋天に近き病室鳩来たる

手術日の素直な髪や秋の蟬

立ち読みの古書に秋の陽ひらひらす

速達を受け取る午後や木の葉雨

Ⅳ　白菖蒲

２００４年〜２０１０年

〔１１８句〕

2004年

春隣黒帯入れし娘の荷

山積みの堆肥の湯気や春隣

立春の朝の卵黄盛り上がる

春の風土乾きぬる土竜塚

春寒く体重計の針の揺れ

花冷えや捻子をゆるめしイヤリング

月蝕やからすの豌豆太るらし

たんぽぽの絮散り散りに孔子廟

ホームにて遠足の列正さるる

蜥蜴出づ言ひたきことのあるやうな

初夏の水の明るさ手に受けて

舌出して蛇嫌はれてしまひけり

ほととぎす少し濁りし心字池

鮎五匹食つてしまへり昼の酒

木漏日や苔美しき西山荘

みかん山より海の白雨を見てゐたり

枝間引く青きみかんを付けしまま

線香花火話がそれて元の闇

たるみたる古蚊帳海は昏きまま

漂流にあらず海月の昼寝なり

名月の時折り覗く銀座かな

秋澄むと地球まあるくなりにけり

陽をのせて銀座離るる鰯雲

どぢやう屋の尉のはがるる初時雨

ひれ酒の炎一瞬海の色

2005年

物置の寒さ四角でありにける

鳥交る日なり蛇口の栓ゆるび

荒川の千住辺りを鳥帰る

ポンプ井戸押せばほがらか春の水

測量の青き図面や鳥帰る

蝌蚪の池小さき地蔵のまつられて

噛み殺すあくび葉桜濃かりけり

ぬかみその匂ひひときは夏きざす

Tシャツは無印良品柿若葉
菜園に海風とどくプチトマト
踏みつぶすペットボトルや夏の果

生身魂言ひたきことを言ひつのり

2006年

卓上のパセリひと束春隣

納屋の戸の素直なりけり春隣

海風やちらりちらりと豆の花

じゃがいもの芽が出て朝の明るさよ

水門を開け初夏の水放つ

踏切を越えれば青田また青田

白菖蒲ばかり咲かせて女系の家

梅雨の雷音の微塵となりにけり

城山の梅雨雲ひたと動かざる

夏霧の霽れていつもの海と山

髪洗ふ潮騒遠くより届き

満潮の浮桟橋や祭果つ

白鷺のとまる流木夏の果

「嫁さん」がわたしの名前秋暑し

糸瓜忌や厨のことも手抜きがち

面白き形の南瓜を飾り置く

天高しただいまマイクの試験中

葛の花猪(しし)に注意と立看板

冬に入る我が腸内の美しき

2007年

納屋の戸の外れやすくて寒の入

利之さん逝去

百歳の死や万両の黄色い実

風花や骨壺に骨収まらず

初七日を終へ羊羹の冷えまさる

冬火美し精進落しの小豆煮て

大根の外葉をもちて土落す

日脚伸ぶ坊ちゃん電車はきしみゆき

遮断機の下りて向かうの朧かな

大ぶりの春のキャベツは穴だらけ

いつもより海はまぶしく春肥撒く

足湯して道後の春に呆けゐる

浮雲やわらびホキホキホキと折り

虎杖を塩漬にする曇り空

夏きざす塩利かせたる握り飯

雨あとの街騒近し糸とんぼ

月食の月欠けてゆく女郎花

月食は終り残暑の月戻る

太山寺呆けて白き藤袴

木曾駒の鬣に触れ蔦紅葉

冬近し小屋に大きなやかんあり

2008年

お降りの伊予柑山をしめらせる

初凪やフェリーゆるゆる出航す

宵戎ぱらりと雨の通り過ぐ

ぜんざいに少し塩足す雪催ひ

春浅し小石の波紋すぐ消えて

草を焼く火の見櫓の下も焼く

月赤しいよよ艶めく蝌蚪の紐

踏切の音の遠くに田螺鳴く

卯の花の暮れ残りたる遍路道

雲の峰取り付け終る万国旗

シャワシャワと水音に似て朝の蝉

庭先に浜木綿咲かせ漁師町
炎昼やひとかたまりに無縁仏
手に残るべらのぬめりと潮の香と

杉の葉のたつぷり松茸届きけり

母乗せて小春日和の車椅子

2009年

誰住むや白山茶花の溢るるよ

冬ぬくし猫もゆるんでしまひけり
ほろ酔ひの眼に雪のちらちらと
風花や線香に火の移りゆき

春深しうるんで暮るる伊予の海

菜の花の盛りすぎたる風の色

通夜の灯の揺るるおぼろとなりにけり

母の忌や十薬匂ふ昼の雨

玉ねぎを吊るせる納屋のうす明かり

白南風や犬ついてくる句碑巡り

納屋に打つ釘三本や日雷

海賊の裔に生れしよ天高し

甕ふたつ新涼の水満しけり

歳暮とて大花鉢の届くかな

日を返す壁の画鋲の冬めきて

南天の実のころがつてゐる四畳半

2010年

朝のめしちりめんじやこの突つ張つて

寄進者は万屋萬兵衛桜咲く

竹の秋柱に吊す竹箒

初夏のまだぬれてゐる三和土かな

なめらかに蛇渡り切る沼の午後

夏つばめ植ゑ替へ終る花時計

青りんご齧る思ひ出あやふやに

蟬穴の空つぽ風の通りけり

青柿がころり牛舎の昼下り

指で消すらふそくの火よ鵙高音

V 卯の花

２０１１年〜２０１５年

〔62句〕

２０１１年

春塵の浮き立つ心地ありにけり

考へるカバと言ふべしうららけし

最初はグーあいこでパーや桜咲く

春の夜のとれぬ小骨をもてあます

しきび満開寺の厨のうすき埃

砂浜にネット張りをり夏来たる

釣果なしカラカラカラとラムネ玉

後の月海底めける庭に佇ち

首コキと美術館出づ鰯雲

傘いらぬ距離に酒屋や蛇笏の忌

箒目の荒し秋の日うすうすと

イマジンの流れる松の手入れかな

冬の鳥波郷の句碑の真新し

鈍色の海に日のさす冬至かな

日溜まりのやうな一本やぶ椿

2012年

つかの間のお降り庭の夕明り

暮れてより風の強まる草城忌

海女小屋のはらり崩るる炭の尉

婆様は御歳九十水仙売る

春耕やまだぬれてゐる縄たはし

菜の花の彼方赤岳佐久郡

片側は卯の花ざかり涅槃坂

俎は表に干され夏つばめ

電灯の傘に虫入る海の家

岬までひとりや風のねこじやらし

どんぐりのひとつ閼伽桶乾きる

石蹴つて校門前を十二月

冬夕焼きれいなひと日終りけり

2013年

花冷やリップクリーム重ね塗り

飼つてゐる亀の鳴きをり犬も鳴く

山吹の八重や一重や魚はねて

雨しとしと孑孑の水暮れにけり

梅雨寒や目玉ひとつの目玉焼き

コーヒーの香りや蛍かご吊す

構内を夏うぐひすの声通り

木下闇出づ背負ふものゆすり上げ

盆波やほてりの残る防波堤

夫も留守娘も留守昼の虫鳴いて

予定表真っ白うろこ雲流る

古稀近しころりころりと芋の露

秋の夜の会話のすき間猫の鈴

汁粉炊く報恩講の空晴れて

２０１４年

冴返る武器のアートの機関銃

タンカーの喫水浅し初つばめ

杉菜生ふいくら抜いてもまた杉菜

豆の花盛りの白さあふれけり

さうめんに紅のいつぽん風通る

遠雷やびくりと動く河馬の耳

大夏野小さきふぐりを晒しけり

苧殻たきをれば海風とどく路地

棚経の短かしぽつりぽつと雨

からすうり青し秋風の太山寺

風であく風呂場のドアや冬満月

２０１５年

わかくさいろの切山椒よりつまむ

ひとり行く岸の向うも花菜咲く

坂ゆけば白たんぽぽの丈ひくく

白寿逝く葬儀おだやか諸葛菜

醤油倉どつしり古りぬ桐の花

しりとりで歩くリハビリ麦の秋

新涼や輪ゴムで開けるジャムのふた

湿布剝すやぴりぴりと秋の暮

秋の蝶午後はとろりと舟だまり

あとがき（1）

油絵を習い始めたころ、影の色は黒だけではないことを知り、また俳句を始めて、言葉の中に上手なうそをつくことを覚えました。

真実とうそのあわいを楽しみつつこれまで俳句を作ってまいりました。

句集刊行に際しましては大崎紀夫先生をはじめウエップ編集室の皆さまにひとかたならぬお世話になりました。御礼申し上げます。

丑久保勲編集長をはじめ「やぶれ傘」の皆様にも感謝申し上げます

２０１６年５月

忽那みさ子

あとがき（2）

どんぐりがあのねあのねとおちてくる

妻みさ子のこの句を見たとき、私が幼少のころに野山で遊んでいた風景をみさ子が見ていたのか、と思って感激した。
私は落ちてくるどんぐりを見上げながら、自分の未来を想像していた。
海に接する野山に私は育ち、そして大人になってみさ子と出会い、人生をひとつにして歩みつづけてきた。
だから、みさ子の俳句を見ると、いつも同じ人生だと思う。
これからもまた。

２０１６年5月

忽那英計

著者略歴

忽那みさ子（くつな・みさこ）

1945年（昭和20年）　４月18日　山形県生まれ

1983年（昭和58年）　雑草入会

1992年（平成４年）　雑草退会

2001年（平成13年）　やぶれ傘入会

日本俳人クラブ会員

現住所＝〒790－0002　愛媛県松山市二番町４丁目２－９
グランディア番町203

句集　どんぐり

2016年6月30日　第1刷発行

著　者　忽那みさ子

発行者　池田友之

発行所　株式会社　ウエップ

〒160-0022　東京都新宿区新宿1-24-1-909

電話　03-5368-1870　郵便振替　00140-7-544128

印　刷　モリモト印刷株式会社

※定価はカバーに表示してあります　ISBN978-4-86608-020-8